片道切符の季節《めらんこりあ》

Morita Michiyo

森田美千代詩集

澪標

詩集『片道切符の季節《めらんこりあ》』●目次

Ⅰ

朽ちる影　6
竿秤　10
薬師堂桜のひとりごと　14
時刻の災禍　20
臙脂色が老いていく　24
白い峰の輪郭　26
片道切符の季節　30
米を研ぐ　36
りんごの里　40
静止画　44
かしわば紫陽花の告白　48

Ⅱ

靴紐を緩めて　52

時を掬う　56
アナベルに問う　58
一月は／いつも　62
季節はずれの紋白蝶　74
晩秋／山帽子　78
屁糞葛　82
今日をくぐり　86
芽吹く季節に　88
山茶花　92
冬雀　96

Ⅲ

庭のざわめき　100
立葵　102
夏の絡まり　106

彩色　110
春の三叉路　114
低空飛行　118
味噌　122
冬もくれん　124
夕暮れ　128
虎落笛　130
黒揚羽の女　134

装幀　森本良成

I

朽ちる影

赤いりんごをそりそりと
遠い日のふるさとの畦道
わたしも都会で咲けるかな
不器用なふるさとのことばひかえめに
青白い吐息のさきおぼろに揺れる
風花がしゅるしゅると綿菓子になって

ひたすら空を見上げて呼びかけてみる
非情な空の向こうの
朽ちる影こびりつく

日暮れていく空
ぽっかり開いて
ぐるぐる渦巻く
終わりがみえない

言葉を紡ごうと
思考のかげろう
小刻みに溶けていく
うろたえる雲となって

葉裏をゆらして飛び立つ追憶
のどの奥からこみあがる小さな叫び
日々ながれ
匂いかすかに

季節が停滞して
遠く　近く　揺れてはもどる
追いつかない
指先をちょん

うすっぺらい朝に
南天の実硬く
呼吸ひとつ
啄ばむ小鳥　寒風に
白梅のささやき　庭の片隅に

竿秤

海から遠いこの村落に
魚の行商のおじさんが
貴重な蛋白源を積んで月に二三度やってくる
二段重ねの木箱を黒く太いゴムひもでぐるりと結び
上の箱には糠漬けのしょっぱいカド※
下の箱はほっけ
頭と尻尾を違えて空を向いて並んでいる
祖母は保存食用にどっさり買い込んだ
おじさんは手づかみで目盛のついた竿秤の皿に

左手の把手を支点に分銅を足したり減らしたり
位置を巧みな手つきで探る
初冬の空にあいさつしたり空中であそんだり
重さの正体を探る幼い目　竿秤につられ
上に行ったり下に行ったり
竿が水平になると目もぴたり
上皿天秤に鱗と糠がこびり付いている
（一匹おまげで入れであげっからな
（あら　おしょうしなあ※

またくるよー
またねー
最上川の方へ向きを変え
自転車の後ろをうさぎになって追いかけた

追いつかない
竿秤と分銅を下げて遠くになっていく
どんよりとした北国の空
最後に見たのはいつだったか
祖母の手に抱えられたカドとほっけ
大きな甕に　一匹　二匹　三匹…
並べて蓋をする
冬のお膳に魚がのる日はご褒美の
竈からたちあがる匂い

※山形弁
カド（にしん）　おしょうしな（ありがとう）

薬師堂桜《おやぐっしさまざくら》のひとりごと

わしはこの山里を彩ってもう百二十年
大雪になると
枝々がしなり
重くて　重くて
桜守の金田さん
「もう無理はしなくていいよ」
四方八方の枝々の股に支柱を六本
支えてくれたんだ
盛り上がった根は踏まれないように
板で保護してくれて

今年もみんなに会えてうれしくてな

薬師堂はこの村の守り神だ
冷害で作物ができねぇどきはみんな参って拝んでいた
村祭りはこの広場に集って楽しそうじゃった
出征する若者は薬師堂の鈴を鳴らして無事を祈ってから
わしの桜の木肌触り
「元気に行ってまいります」
別れが沁みてねぇ
あの声はもう二度と聞けなかった
ここはみんなの拠り所じゃ
ずーっとな
わしは薬師堂といっしょに集落のみんなの暮らしを見てきたんだ

終戦後は子《おぼこ》が多かった
西山の麓から
桑畑の向こうから
ここに集まってきてな
日曜日の朝は竹箒もって
掃除してんだか
おにごっこしてんだか
走ったりチャンバラごっこしたり
ときどき掃除もしてたけど
にぎやかだった
洞に隠れてきて
くすぐったくて
くすぐったくて
薬師堂に潜ったり

ポン菓子みたいに弾けてた

雪が解けると田んぼに
ちいさな足跡つけて
牛《べこ》といっしょに泥の中
忙しい親のまねごとして
顔に泥つけて手伝ってたな

秋の黄金色の稲穂が揺れるころ
イナゴ採りでにぎやかだった
収穫前になるとイナゴの大群が茎や穂を食べつくす
子たちは一斉に稲穂の間を飛び跳ねて
敵を掴む
真剣だった

かごの中がガサガサと騒ぐ
村中のイナゴを学校に集めて
地区別で重さを競うんだ
今年は一等だったとかダメだったとか
イナゴの佃煮会社に売って掃除用具を買っていた

あの子らは今なにしてっぺな

盆と正月だけは
都会に働きに行ったもんが
家族を連れて帰ってきて
にぎやかな声が聞こえていた

このごろはとんとそれがない

得体の知れないコロナのせいで
だれも来ない

過疎という服を着た村になった
桜の木肌に子らの声を吸い取って
わしはもう少しだけ
ここで

時刻《とき》の災禍

道の途絶えた孤島
行き場のない苛立ち
氾濫する数字どこまでも追いかけてくる
喘ぐ呼吸音
指先で葉裏に隠れた闇の正体探してみるが
視界はミクロの世界
苦難の声聴こえていますか
名も知らない樹幹に滲みていく
薄紅色のハナミズキに五月の風なでる

風光明媚な観光地には来ないでください
帰省しないでください
近寄らないで
触らないで
鳴りひびく断絶と分断

春が終わる夕べ
ユーチューブ世界を繋ぐ
海の向こうの病院の屋上から
赤いドレスの日本人女性
医療従事者への感謝の
こころ繋ぐ
バイオリンの音色
青空に流れ

ざわつく地球のゆがみ
零れ落ちる数字に溺れ
問われた人間社会に
べろり無数の
テーブル一面に
不気味に居座る
影は音もなく

臙脂《えんじ》色が老いていく

折れた枝は落ちきれず
逆さに吊り下がっている
跳びはねるでもなく
音するでもなく溶けていく
独りで始めなければならない朝がきた
はるか遠くの未知という道のりを

臙脂色の服が似合う老女
介護保険の利用の仕方を書いた紙
左手のハンカチで何度も顔を拭う

（わたし　どないしたらいいんかね
（どんなサービスを受けたいか相談にのってくれるよ
（震災で傷を負ってもひとりがんばってきたの
（なんや一人では　分からんことが多くなりましてね
潜り戸を抜け忍んでくる未知の世界
胸の洞に
解けない問いを抱えて

不安な洪水の乱反射
危うい独楽の虚無が　ぐうらり　ぐうらり
臙脂色の気品のなかに吐息は波紋を広げる

白い峰の輪郭

細い枝先に羽を透かして小鳥たち
冬空に残る熟れた実
啄ばんでいる
空が割れ寒気刺す
か細い吐息の

遠い空の向こうから
犬の遠吠え
雪降る夜に静かに微笑み
青白く揺らぐ

土は嘘つかねえから
余げえなことは
考えないごとにする

慌ただしく押しよせる波
若者は街に
花の蜜を求めて行ってしまった
凍てつく冬の濃度
　ありすぎる情報は生きづらかろう
何を想い
何を見ているのか

枝分かれの道
だれの手も煩わされず

あるがままの決意
吹き寄せる颪に
仕舞い込んで
課題を積んだ高齢化と過疎化の
答えのない問い
この北国の輪郭
白い峰の

片道切符の季節《めらんこりあ》

朝方に霙混じりの雨はあがった
白峰山の中腹に石の地蔵が五体並ぶ
鎮守の杜の岩場の間から
ちりり　ちりり
清水あふれのどを潤した

近所の人や家族総出の田植え
ときどき腰をぴょいんと
大気を見上げ
列の前に苗が

泥地に飛んでくる
陽が沈むまでつづく集落の影絵
盆の晩は
農村歌舞伎で笑いの気泡が渦を巻く

祖父は冷害や病虫害と闘ってきた
背丈ほどの稲穂の間を子どもたち
イナゴと格闘する
今年は黄金色なびき
天日干し
陽に照らされ集落のご褒美

やがてシベリアから白鳥の飛来
深い冬の閉じた唇

リョウ三は十八歳の春
村の教えを幹に
手にした切符
改札はパチンと穴をあけた

不器用な手と方言を身にまとい
おずおずと黒い列車に乗った

新鮮な日々は気取った街の言葉に
たちまち染まり
会社に通い夜学で学んだ
きつい苦味を食んでも
雪国の忍耐を芯に

倒れまいと鎧をまとって
ビルの谷間の一人になった
高度成長の乱気流の波を泳いだ

都会の人になり
子どもの寝顔に癒され
硬直する足裏は焼け焦げ
深呼吸を繰り返した
顔のない真夜中の戦士に

ずぶぬれの背に貼られた疑問の付箋に
立て札みたいに貼りついて
懸命なのか勘違いなのか
パスを出し続けた

迷路に
張り巡らされた糸が絡む

花に棘が
価値は錆びた釘に

春まだ浅い訪れた町
空は凍てつき澄んでいる
見下ろす丘に
ひとりの男は一羽の鳥になって
遠くかすむ山脈
故郷の匂い

じいちゃん　とうちゃん　かあちゃん

村の連中の顔
泥田のぬめり
手の中に
幼き日のふるさとが押しよせる

真っ直ぐ伸びた道の先に
消えていったもの
選びとったもの

風が
ゆっくりと鎧を脱がせた
男の季節のプリズム
光りの切れ端が震えている

米を研ぐ

焼けた暑さのかさぶた剥がれ
スズムシやエンマコオロギ
わが世とばかり鳴き始める
静かな秋の夜に物思いにふける
あの頃　教科書を開いたまま
頬杖ついて聞いていた
大地を震わす打楽器が
幼い音色の横笛が
命を長らえようと鼓舞する叫び
波のように

届いた秋の果物の箱の中
今シーズンは長雨の影響で黒系の葡萄に病気が
発生し　数粒抜けた商品があります。ご迷惑を
お掛けしております。味は例年通りです。
なお　長らくのご愛顧ありがとうございました。
今シーズンを持ちまして当園は閉園となる運び
となりました。今後は時代の流れにのり醸造用
葡萄畑として栽培は続けていきます。新しいワ
イナリー作りに挑戦していく覚悟です。

眉の上の重い疲れ
振り落とされまいとする決断
あたらしいドラマを

スズムシやエンマコオロギの
草叢の舞台で演じている協奏曲
夕焼けといっしょにぶどう棚から
ほいっ　呑み込んだ
未来のことばをもたない黒い葡萄の重さ
ひとまわりして蘇る
月や星を光源にして
米を研ぐ

りんごの里

冬の集落は雪に埋まり静まり返っていた
ざらめ雪解け始め
夜明けの白さ増す
冬のたびから目覚める

ここは豪雪でな　りんごの枝にどっさりと被ってな
折れるか気になってな
不安が炭酸のように泡をふく
よーぐがんばったぞ
杖を付き　りんごの木に語りかける古老

農業など携わったことのない故郷の妹から
脚立に乗った写真と手紙が届く
足元は真っ白な花びらで埋められている

車で四十分　朝日町のりんご農家に来ています
花摘みの日です
りんご栽培はぱりぱりした真っ赤なりんごになるまで心を込めて育てます
「豪雪で枝が折れていないか」と雪のなかに入って見回る点検から始まり　脚立に上って細かい作業をしたり重いものを運んだり高齢者には重労働の作業が多いのです
一年中手間がかかる作業があります

ここの集落のりんご農家は高齢化・過疎化が進み後
継者がなく　栽培を継続することが出来ず手放す人
が増えてきました
このことは町の大きな課題となりました
「なんとかりんご農園を守り育てたい」という喫緊
の課題を急務に解決しなければならなくなりました
そこで町の危機脱出の策として「りんごの木のオー
ナー制度」を打ち出しました　私たちもこの農園を
存続させるために木のオーナーに手を挙げたのです
他県からの応援もあり　りんごの木を切り倒されず
に済んだのです
今日は春の花摘みをしています
実を大きくするために白く美しく咲いていても摘花
をします　実がたくさんできても摘んでしまいます

秋になると光が当たるように葉を摘み取ります
色づけが始まるとりんごをくるりと返し太陽に向け
　る作業もあり楽しみです

ごつごつした樹　記憶を積み重ね
気流に飲み込まれまいと　ささやかな抵抗
草の匂いたちこめて　深まる呼吸
棚田のささやきは空を掴む
花から花へ流れる花粉のように
人と人を結ぶ　くらしの糸紡ぎ
明日に原風景守る
疲弊が連鎖する冬間近

静止画

山から下りてくる最上川
清流から解き放たれ村々をめぐり
鷹揚にあいさつする
開けっぱなしの部屋を風が通り抜ける
鯉の甘辛い匂い立ち込めて
あれからいく季節《とき》経ったのだろう
故郷訛りの服を着て
黒田喜夫の「毒虫飼育」が
吉野弘の「夕焼け」「I was born」が

知らない街で渦を巻き　爪を噛む
指先の温もり確かめられず歩いてきた
終わりの見えないドラマのように言葉を紡ぎ
走り出す高度経済社会へと
いつのまにか染まっていった
地下から吐き出される夥しい人波
バスの人ごみの背中に当たる知らない人の鞄
幾何学模様の街の発光に身を委ね時が過ぎた

追いかけてくる秘めた主張のあの声が近づいてくる
羽毛となって白い雪
ぎこちなく堪えながら
重なっていく
それでも抗いをかさぶたにして

黒田喜夫の
吉野弘の
貫かれた故郷への想い
哀しさの淵に呼びかける
どれだけ長く耐えてきただろう
沈黙の
クレヨンで描かれた
凍える静止画

かしわば紫陽花の告白

葉にしずく光る
萌黄色の円錐形は潔い自己主張
あの日と重なる
従順で叫ぶこともなかったのに
胸から背中が痛いのです
朝と昼の境目から異国の声がきこえてくる

疲弊した存在にほそい流れ
扉を叩く
バンザイしてください

左岸から藤色が絡みつく心電図
右岸の河川敷をさ迷う造影剤
脆い舌下にニトロ
絡みつく蔦はお腹を閉めつける
息を止める練習をします
十五数えます
がんばりましょう
薬を注入します
熱くなります
濃密な分厚いドーム迫る
颪によじれ　おきざらし
無力
地下水脈をたどる
時が落ちた

脱皮のときを待つ
気分はいかがですか
終わりましたよ

砕けた心の
初夏に
聞かねばならない
責任なんて問いませんから
隠れていないで出てらっしゃい
左耳の奥底に
朝の冷たいしずく

II

靴紐を緩めて

北国の剥がれた欠片が
明るい街の平均台に乗り
身を固くして渡ろうとした

地下鉄のホームを駆け上がると
切れ目のない現実が迫る
靴紐をぎゅっと結ぶ

駆り立てるものを背負い
点滅ばかりの日々

差し伸べる手の陽射しに支えられ

迫りくる課題の乱反射
喘ぎながら信号を小走りに
くぐりぬけようと意気込んでいた

自然の驚異に慄き希望を絶ちきった阪神・淡路大震災
変貌した街の空き地の草は震え
悲しみをあつめて黙している

ピンク・レディーを踊っていた少女も
バレーボールに明け暮れた少年も
社会の荒波に弾かれまいとぶら下がっている

風が止みくぐり抜け靴紐を緩めた
傾きかけた陽射し
記憶の心音を聴きながら街並みを眺める

上手いもんだな　都市開発とやら
タワーマンションが空に貼りつき
景色が半分になった

無口な北国の山々はすべてを呑み込んでくれるだろう
がんばったよ　と
ささやく声は夜空のなかへ

時を掬う

ときにはくるりと裏返しになりながら在所と歩いてきた
慈愛ふかき人
腰をかがめ大地に種を落とし
残照にとろけ耳を澄ます
ふりむけば白い時間が降り積もり
ただ待つだけの酷暑の残忍な季節を越え
静かすぎる朝陽駆け抜けた
時を掬う
そっと　息を吐き　傾いていく心
ふり戻しながら野に居つづけた

ネジがポロリと外れて
涙あふれたらひと粒だけ
ポケットに押し込んでみる
必ず乾くから
すべてはめぐりあわせなのだから

夜更けに背をまるめ
光の帯が射し込む遠い景色の北の方角
青の蝶
ゆらゆらと自然の懐に

アナベルに問う

雨つづきの庭の裂け目から呼び止められる
グリーンから白色に
重力に耐え
存在感の華やかさ
地中にしっかり繋がっている
どこかで心臓の音が共鳴する

跳んでみようか
濡れてみようか

遠くから呼ぶ幻の
遅れて配達された手紙
すべては忘れることはできない
いまを
いまのかたちで

哀しみも怒りも喜びも言葉も
諦めることさえ諦めて
呼吸の仕方を探すしかない
鋭角な感覚で呼び止める

跳んでみようか
濡れてみようか

降り続く雨
重くなった空気に押しつぶされた
みんな地面のなかに
だれも　責めはしない
街を彷徨いながら世の中を計っているのだから
不確かな群れ
不揃いの文明
残りの領地で生きている

白いアナベルの目は梅雨空を仰ぐ
ふと見せる物憂げなまなざし
輝きを捨て硬直したまま
何を思い
何を見たか

夕闇の遠い奥に
削除された
嘘
風を頬に受けて内部に潜む

一月は／いつも

夜明け前の静寂の神戸の街に向けて
今年もビーナスブリッジから
トランペットの鎮魂の音色ひびく
木々も街もあの日を抱えて

京都の大学に離れて住む息子から「凄い揺れだったけど大丈夫か」

山形の実家の母から「ニュースで観たけどびっくりしてる。どうなの？無事？」

驚きと不安そうな電話に改めて大変なことが起こっていることがわかった
「全員　怪我もなくだいじょうぶだから　心配しないで」

南側の老夫婦の家はレンガの塀は崩れ玄関の扉がない

山茶花の生垣は朝の光り中で咲いていた
夫はすぐ車で出勤した
わたしも義母を娘に託してバイクに乗った

断末魔の大きなナイフで切り裂いた街を進んだ
諏訪山公園の南の白いマンションから黒い煙が立ち昇る
上を仰ぐ男三人　無言で見ているだけ
静かだ　消防車もサイレンの音もない
ガレキのなかを　傾いたビルの間を横目で見る
空爆の跡のような三宮の街をすり抜けた
黒いアスファルトはめくれ上がり
真っ直ぐ進めない
車道を走ったり歩道を走ったり
ドーンドーンとバイクは浮いたり沈んだり

跳ばされそうになりながら職場に向かった
生田川の土手沿いに毛布にくるまった女の子が震えている

災害に脆かった
その瞬間からすべて
ばらばらのモザイクに
地面呻いている
引きちぎられ地鳴り
崩れた
街は冷気に覆われた
職場に到着すると「うっ　臭い」
運動場の真ん中で倒壊家屋の廃材か
丸く囲んで暖をとっている　人　人　人
焚き火の煙が冬空に白く昇っていた

職員室はおもちゃ箱をヒックリ返したように折り重なり
机と椅子は一定方向に固まっている
床にはパソコンもあらゆる書類や明日の教材もどこに行ったか
散らばり放題
あまりの凄さに硬直し無言に
居すくまる
出勤者は五人
交通手段がなくたどり着かない同僚

二人一組で子どもたちの安否確認に走った
半ば倒壊した集合住宅を駆け回る
十二階の渡り廊下から一階の通路が透けて見え足が震える
玄関扉が歪んでいる
どうやって逃げたのだろうか

避難した子どもたちは家族単位で固まって
道路や公園に寄り添っていた

次々に避難者が駆け込んでくる
何をどうするのか
どうすればいいのか
全く初めての経験である
まずは要求を区役所に連絡しよう
オムツ・薬・食べ物・えっと・えっと……
登校して来ない子どもたちのことを心配する心の余裕もなく
避難者の人数確認　時間が経つほどにどんどん増える
数え切れない人　人　人
せめて子どもたちと授業をする教室は確保していこう
たちまち埋まっていく　階段のすき間にも

バックひとつの老女を体育館に案内した
冷たい床に孤独が広がる
すでに体育館でうずくまる男の靴底が目の前にあった
いつの間にか体育で使うマットは敷き布団に
隅のほうから埋っていく
首を沈めてしゃがみこむ人
これから　これからと嘆く人
やり場のない怒り
生きる困難さが
体育館いっぱい溢れている

重い支援物資をリレー式で運ぶ
水の流れないトイレの掃除をする

避難者の要望や苦情を聞く
毎日毎日ラーメンばかり食べた
こどもたちとの再会はいつになるだろう
みんな　どこに避難したのだろう
授業ができない
卒業式はできるのだろうか

広島に来ている
岡山の学校からの連絡がある
親類の家に来ている
次々に入ってくる避難先の報せに安堵する

どの教室からも避難者の生活音と生活の匂い
もう学校の姿はない

火事を恐れてガスの元栓を締めている
被災者は暖房がない
被災者の気持ちと同じにしよう
職員も一切暖房は使わない
冬の樹が枝に氷を咲かせても
冬のジャージにジャンパーをはおり寒さに耐えた

帰路は月光を頼りに瓦礫の上をバイクは走る
目の前の難題は何か
家族のことは常に後回し
あったかいお風呂に入りたかった
ただただ止まらずに走るしかなかった

買い物の帰りに通るいつもの道

軽やかな音色が聞こえていた
どんな子が弾いているのだろう
あのピアノの練習の音色が消えている
温かい家族の風景が消えた
心が洗いざらしのように
繋がらない電話のコール音
痛さだけが残る

焼け爛れた痕
拭き取ろうとしても
剥がそうとしても
へばりついたまま
割れた空から凍てつく風が刺さる
大きな荷物を積んで人生を変えた災禍

ざわめきのなか
指先からゆっくり解けていく
柔らかく繋がれた手
壁に留められた風景を掬っている

言葉は奪われ
身の置き場ない漂流船に
気の抜けたサイダーのような虚しさを溜めた
忘れない
あの日を
握り拳のすき間からおずおずと
春の空に

あどけなく辛夷の蕾があいさつを始める頃

家屋が全壊し避難していた
同僚の音楽教師
復興を願う「しあわせ運べるように」を作詞作曲
初めて音楽室で聞いた
涙が止まらなかった
登校しているわずかな子どもたちと歌った
体育館の避難者にも聞いてもらった
ひび割れた心を縫い合わせるかのように
頬をつたうなみだ
運動場にもひびく
歌声に励まされ噴水のような拍手が鳴りひびく
寒空に咲いた満開の花びら

希望を握りしめて復興を夢見た

あれから二十六年
今年も一月十七日になるとヘリコプターが飛ぶ
テレビは緊急事態宣言下の「東遊園地の1・17」を映す
記憶のバトンを繋ぐ竹灯籠に祈る人々の映像を
あの日の傷口を心に仕舞って祈っている

紅色の山茶花はあざやかに咲いている

季節はずれの紋白蝶

低くひくく飛んできた
花もないのに
粉雪降る　朝に
白い紋白蝶が
地上すれすれ
飛び続け　どこからきたのか
わずかに動き震えている
一点の

よっちゃーん　はやくー　逃げろー

波が後ろから追いかけてくるぞー

真っ黒な舌が　丸く盛り上がり
車を　屋根を　押し上げながら　砕いていく
あの日　あの時
日常が揺れた
生きながら…
砕けて消えた

潮の匂いのする
うすくらがり
黒い電話がなっている

もしもし　　もしもし

どこにいるの?
つめたいでしょう?

もう一度　あの声を　眠れない夜が続く

いく度目かの季節を越した
海岸に沿って
ネズミ一匹入らない
ハイテク施設の魚市場がつづく
垂直に伸びる鉄柱や橋脚
空中に背伸びする
高い高い防潮堤　水平線が見えない
中腹のショベルカーはぺろりぺろり
土を崩していく

季節はずれの紋白蝶が飛んでいる

晩秋／山帽子

夏の膨らみを抱えて封印し
浮かび上がらせる
一面の山帽子
白い花びら
小刻みにふるわせている

大地に置き忘れた
モノクロームの夜
奥底に身体が引き抜かれていく
掴もうとするが砂粒の谷間に

乾ききっていく咽喉
叫べない
吐き出せない
濃い夜気が迫ってくる

傾いていく心
自由に傾いていけばいい
楕円形の葉は舞い落ちる
臙脂色を織り込んで
感覚だけが
微かに応える

どこかに向かうしかない

晩秋の光
空と地上との境界から
真っ赤な実の存在に
芯が溶け出し痕跡を残している

山帽子みなぎり
影と風と光
やがて
苦味ろ過し沈澱する
黄昏をのみこんだ
揺らぐ風景

屁糞葛

―梅雨が明けますよ―
空のすそ　乱れても
夏花の細い命きざむ
種は
どこからか飛んできた
道の片隅に咲く
芯に赤紅色の鮮やかな
白い小花の屁糞葛
背負った名ゆえ軽んじられ
ひかりと風のなか蔓を伸ばし揺れている

屁糞葛
夢を見ようと眠りにつくが
胸苦しく
処方された薬を飲んで夜を歩いてみる
軸ずれた
紛れ込んだ得体の知れない原色の小人
見えては隠れ
隠れては見える
今にも
こぼれそうに
カタカナ言葉は散らばり放題のおもちゃ箱
確かな気配とめどなく湧いてくる
痛みを体内に押し込めて

季節を虫ピンで止めている

生まれてからずっと野の花
慎ましく息づいて
澄み切った風の音
からだじゅうに吸い込んで
ぎゅっと握りしめる
誇りなどない
置き去りにされた空を仮縫いする

今日をくぐり

陽だまりの手に
柔らかな空間がつつまれる
樹は
彩った葉と別れ
手のひらほどの表皮が
ぱっくりと剥がれている
指の隙間から空に向かって透けている

閉めても　閉めても
抜けていく意志を靴底に秘め

冬の影
足元に残して立つ

葉の重み
枝からはなれてさみしくないかい
白く乾いた土をつかんで
真っ直ぐ立ち続ける陽射しはうなずくこともせず
傍らでじっと風を受けている

確実に朽ちていく
行き場のない熱を包み
今を刻んでいく

芽吹く季節に

濡れた空に別れを告げ
北国はやっと感情を表す
淡雪が消え
綿帽子を被って
妖精が風と戯れる
さくらんぼの花

幼かったころは知らなかった
春の喜び
今、目の前の

花の声

あなたはぎこちなく笑って語ったこと
つらい戦いのこと
空を仰いで季節を吸い込むと
聴こえてくる
自然のうつくしさを
恐ろしさを
非日常が鎌首もたげて襲いかかった
揺さぶられ
押しつぶされ
苦悩おいかけてくる

風の合間に啼く
海鳥は魂を揺さぶりながら

被災地の瓦礫の間を飛んでいる
生きている限り　波の音
記憶のそこに

芽吹く季節は知っている
風が木にしがみつき
真綿のような白いさくらんぼの花が咲く

山茶花

はしゃぐ歳末の街
高層ビルと歩道橋のつなぎ目に
ウグイス色の作業着の女性は
這いつくばって
カネの小手で
積もる街の汚れを
ズコ　ズコ　ズコ　ヘラでこする

きらびやかな街に音楽がながれる
すぐそばで若い女性の一群

手に
誘惑のパンフレットを
「シンガポール」の文字
マジー　楽しみー
早く行きたーい
あのさー
やばいよねー
あと少しで
あけ　おめ　だね（あけましておめでとう）
こと　よろ　だよー（ことしもよろしく）
はち切れそうなやばい声が満ちている
無邪気に
清掃する女の背にひびく
逃げていきはしないか大切にしたいこと

いいんだけど
背中が寒いよね
置いてきた抜け殻
読み違いの師走の風
がらんどうの街の片隅
ビルの谷間に気品ありげに花びら重なり合って
深い亀裂を隠している
掌の上にのせた今日
たそがれる真実は
捨てられなくて
師走が脈打つ

冬雀

あどけない光のなかで
凍てつく土　無心に啄ばむ
羽に空気をもっふもっふ
ふと見せる物憂げなまなざしの向こうに
すべてのものを超越したのか

色褪せた刻のなかに
すべるように毎夜やってくる
耳元に近づき
天空の声と交信する

このひときわ輝いているところ
たくさんの傷痕が光っているのだよ
よーく　見てごらん

軋む
漆黒
の内側
翼を引き抜かれた叫びなのか
背にさわると傷の深さが手に
張り詰めた意志が息をのむ
幾筋もの鈍いひかり届くたび
位置をたしかめ

ふいっと

くちばしでツンツン突かれ
艶のない頬を刺激してくる
やがて洗い立ての陽が配られ
推し量れるものなどないままに
からまり
はりつく
そのものの重さ

Ⅲ

庭のざわめき

九月を運んでくる　人の望みはさまざまでひとつとして
同じものはない　未来が少なくなってきた　早足で歩い
てきた　過去が溜まってまるまる太って古惚けている
斜めに差す影細長く輪郭がぼやけ置き去りにされていく

いつのことだったか
彼女はどんな生きかたをしてきたか
あれはどんなことがあったのか
雲母のかけらみたいに陽にかざすと
ぱりぱり崩れてしまう

口元だけはっきりと覚えている
弱々しそうなしぐさ
正面から目をあわさず
美しい女の甘えがからみついていた

台所で思い出した　彼女の真意を読み取ることが出来なかった悔しさ　どんな生き方を選択したのだろう　女の武器は弱くてかわいらしければいいなんて真からの言葉ではない　彼女は聡明な物語を再生していたはずだ　逆光のなか　暑さに疲れた夏草　色褪せた晩夏の庭に揺らめいている　吹く風に心を残して庭のざわめきをきく

立葵

てっぺんの花が咲くと梅雨が明ける
行列をなして夏を運んでくる
空に向かって決意したのか
薄紅色の立葵
下から上に競りあがる
陽をうけ青い夏に
華やかに背筋を伸ばし

夢を見ているのかい
口をぽっかり開けて夏空をみた

ぐるぐるめぐる意識
胸の奥にゆうべの考えが素通りして
いっそ　すとんと落ちればいいが
葉の端を陽にかざすと謎めいて
魂が少し動き出す

整形外科の待合室は貨物列車の連結
（あすは特老に主人を見舞いにいく予定なのよ
（もうずいぶん長くなったね
（暑くて大変だけど　わたしを待ってるから
（膝の具合はどう？
（今日は注射の日でね
ここでは隣り合った人と会話がはずむ
おじいちゃんは腕を組み寡黙だ

（うんうん
こぼれてくる高齢者の人生を
ただ無自覚に描いている

晴れのち曇り
曇りのち晴れ
取り入れることと放つこととの隣り合わせ
さまざまな色を飲み込んで
気負いもこだわりもない薄紅色の立葵

夏の絡まり

雨粒が南からやってきた
みずいろの斑点が足元に降りそそぐ
膨れ上がろうと
溢れようと
初夏の放心

夏花は鉢からはみ出し
蔓を伸ばし
フェンスを乗り越える
解読できない絡まり

迷いや悔いや恐れ
きしみきく

流れが止まった街に
骨組みが顕わに
時間の酸欠
原色
雨の音まぎれこみ
感覚を支配する

馴染んだ風景が
あたりまえと
決意をもたないで
ここまできてしまった

つかもうとするが握力がない

耐えかねて剥がれ
これはいったいなにごとか
ひび割れた時間が
今日一日を刻んでいる

窓を開けて風を呼ぶ
こんなところに黄蝶が停まった

彩色

こころのままに
折々の花描こう
絵筆に色を入れ
混ぜれば混ぜるほど濁ってくる
完璧な色　はるか彼方
きいろ　みどり　むらさき　あか
彷徨っている

使い慣れたパレット
ゆるく傾いて　乾いていく

幾重にも折りたたまれた　忘れぬ人の色彩
こびりついている
新しい群青を入れ
交わしたことば手繰り寄せる
片隅で
鄙びたこころ
落ちてくる

山なみの影に
埋もれた断片を
にぎりしめ
浅葱色にちょっぴり胡粉溶かし
空に
そっと

ほそく　ほそく
息継ぎし
ゆるく弧描く
通りすぎていった風

視線の先
まぶしい初夏を浴び
ふるさとの
紅の花に
彩色して

春の三叉路

凍てついた窓ガラスの向こうに
飛翔　恐れた小鳥たち
寒いでしょうから
お入んなさい
物干しの端に
光りふりそそぐ
冬芽の産ぶ声
ろう梅は背伸びする
桜の季節
ピンクの絵筆

軽やかに
季節の乗換駅がやってきた

信号は赤と黄色の点滅
ブザーまで鳴っている
流れる数字は合図のように
緊急事態宣言　延長か解除か
なんども立ち止まり
たどり着いた場所に
叫び声が渦巻く

入り口には消毒液
体温を測らせてください
色とりどりのマスク　表情を隠し行き交う街

憧れの大学生活は学友のいないリモート授業
どの会場も人数制限
飲食店の時短営業
卒業ソングのない卒業式
職を奪われ
支援物資を受け取る長蛇の列
寒風に女性が目立つ
（助かります
（きょうはこのお弁当だけです

空白のページは不安と怒りの波
薄れゆく地図の枝分かれ

真冬の寒さに耐えて

目覚める春に
空に雲をうかべ
空っぽの予定帳に息を吹きかけた
時間が溶解し
カレンダーはめくれる

低空飛行

焼きつくした夏の壮絶な生の痕跡
転がっている
猛烈なエネルギーに押し倒され
そそのかされた
どんと居座っている
この暑さじゃ死んじゃうよ
あらたな疲労が増殖し
不気味なアート
根底から砕けた
大雨も地震も台風も脅威に足もと危うく

その日からずっと
低空の頭上で
轟音たてている
あの大きな物体が空を飛ぶなんて
足早にその場を逃げようとしても
ずっとついてくる
逃れようとしても追いかけてくる
厳しい自然現象と飛行物体との狭間で
小さな石につまずいて
収縮したまま
想定外のできごとと安気に言ってみても
臆病な心臓の波動ぎこちなく

秋の戸口に
陽炎の名残り
樹にしがみついている
鮮明に残るは
記憶
軋むとびらこじ開けて
明日は信じる街に

味噌

庭に広げた筵のうえに
白い麹と塩が山をつくる
身をかがめた女たちの手いそがしく
見つめる幼子ときどき触っては走り回る
竈に薪をくべる
焔揺れ
大鍋の大豆　ぽっふ　ぽっふ
臼のなかの杵　ぷちゅっ　ぷちゅう
豆が撥ねる
池の鯉も幼子も撥ねる

細やかな手は曲線を描く
身をかがめ夕暮れまでつづくモノクロ写真

幼子は背伸びしても手を伸ばしても
届かない味噌樽の淵

薄暗い蔵のひかりのなか
幾つもの季節重ね繊細な香りに
山並みの稜線はやがて白の化粧を
風雪に耐えて根を張る息づかい

茶色の甕に遥か昔の母たちの真似をする
作成日「2020・2・14」
時折見せる網目の隙間から
歯を喰いしばり踏ん張る

冬もくれん

産毛をうっすら付けた冬芽
まっすぐ空に向かって
枝にしがみついている

花が大好き
子どもが大好き
美味しい給食をつくり衛生管理はしっかり
てきぱきと働く
仕事が大好き

ホスピスの部屋
病と闘っている右手をさする
細い管から緑の液体がすうっと流れていく
小石のように横たわり薄れゆく意識
（永沢寺にあやめを見に行ったよね
にんにくたっぷり入った三田屋のステーキを食べたよね
覚えている？
閉じた目から　ひとすじの涙
なにを求めているのだろう

むらさき色の
沈黙の風
ただ怖かった
幾重にも折りたたまれ記憶

いのちを愛おしみながら
膜が剥がれおち
めくれた皮膚から噴き出してくる
その果ての断崖に
雷の轟音が耳をつんざく

うす闇にひかる
冬もくれん
木枯らしの向こう
音をなくして歩いている

夕暮れ

落ち葉を踏む
白く乾いた割れる音
自分色に染まった葉の運命
初冬を連れて足元にぴたり

自然のひとこまのように届いた喪中はがき
真正面から向き合って一度もしゃがみ込まなかった
下唇を強く噛みしめて　ななめにとろけていった
ほつれ陽のそこへ

漂白された記憶の断片を探り喪失を埋める
流れゆく雲の行方
微かに聞き覚えのある
声が
仕草が
つかめると見せかけて離れていく
定まらぬ回転軸
色のない背景が
この世を削ぎ落としながら遠ざかる

うなだれた肩越しの夕暮れ
後ろへずれて
同じ根っこのにおい　なぞる

虎落笛《もがりぶえ》

冬空のどこかから
（どっどど　どどうど　どどうど　どどう
えっ　だれ？
振り向いてもだれもいない
風の又三郎だったか
一瞬同化し　時間が止まった

小さな赤い実の上で
もの問いたげに
鵯が甲高く

キーキーと鳴く
薄い意識を見逃してきたのか
空は低い

うずくまっていたものがふいに圧し掛かってきた
押しよせる冷たい空気を割いて
雄叫びをあげた
（どっどど　どどうど　どどうど　どどう
通りすぎる気配がない
喉に痞えたもの
押し出そうとするが
白いことばがふくらんで
ますます迫ってきて　ぶつかり合う
またもや　もっと強く押しよせる　唸り声

からっぽになった空から
また鵙が鳴きだした
凍てつく指の先かすかに震える
行き暮れてやがて黄昏に引きずられていく

固く閉ざした
冬芽
だれとも目を合わさず
天空を見ている

黒揚羽の女《ひと》

真っ赤な口紅
斜め十五度に傾けつば広の黒い帽子
黒いロングスカートに黒いコート
大きな翅を仕舞っているのか
優雅に花と戯れた痕
濡れて光っていた
翅を広げてステージに上った
若きころもあった

信号の点滅に迷い込む

のがれられない丸い背中
ひとり見知らぬところへ

介護士さんが押す車椅子のなかで
薄衣つけ斜めに顔を埋めている
閉ざされた言葉の断片
切ない記憶のかさぶたを擦ってみる
守るすべが分からない
知るのがこわい
幻の霧のなか
花々の上を飛べなくなった
翅を広げる舞台を信じていただろうに
ぬれた午後の陽に黒い翅を晒す黒揚羽の女

森田 美千代（もりた みちよ）

1946年　山形県白鷹町蚕桑に生まれる
神戸市在住
所属　日本現代詩人会　兵庫県現代詩協会　会員
　　　「時刻表」「詩杜」同人
詩集　『寒風《かぜ》の中の合図《シグナル》』（澪標 2016年刊）
現住所　〒652-0007 神戸市兵庫区五宮町20-3

片道切符の季節《めらんこりあ》

二〇二一年九月十日発行

著　者　森田美千代
発行者　松村信人
発行所　澪　標《みおつくし》
大阪市中央区内平野町二 - 三 - 十一 - 二〇二
ＴＥＬ　〇六 - 六九四四 - 〇八六九
ＦＡＸ　〇六 - 六九四四 - 〇六〇〇
振替　〇〇九七〇 - 三 - 七二五〇六
印刷製本　亜細亜印刷株式会社
ＤＴＰ　山響堂 pro.

定価はカバーに表示しています
落丁・乱丁はお取り替えいたします